Dirección editorial: Departamento de Literatura Infantil y Juvenil

Dirección de arte: Departamento de Imagen y Diseño GELV

Diseño de cubierta: Gerardo Domínguez

Primera edición: octubre 2003
Undécima edición: marzo 2010

© Del texto: Rocío Antón y Lola Núñez
© De las ilustraciones: Claudia Ranucci
© De esta edición: Editorial Luis Vives, 2003
  Carretera de Madrid, km. 315,700
  50012 Zaragoza
  teléfono: 913 344 883
  www.edelvives.es

ISBN: 987-84-263-4914-9
Depósito legal: Z. 443-10

 Talleres Gráficos Edelvives (50012 Zaragoza)
Certificados ISO 9001
Printed in Spain

Un desastre de bruja

Rocío Antón y Lola Núñez

Ilustraciones
Claudia Ranucci

EDELVIVES

Genoveva era una bruja.

En el desván de su 🏠,

había un 🍯, un 🎩 de bruja,

una 🧹 voladora y 📚 de ✨.

Pero Genoveva nunca había

conseguido hacer ✨, ni volar

en la 🧹. Por eso pensaba:

«Ya decía mi prima Maruja

que soy un desastre de bruja».

Cada mañana, Genoveva
se ponía el , subía al desván
y mezclaba potingues en su .
«¡Ojos de , ancas de
y de la , escamas!
¡Conviértete en una de !»

Pero, en vez de una ,
aparecían un , una
y una . Y Genoveva pensaba:
«Ya decía mi prima Maruja
que soy un desastre de bruja».

Un día, el  llamó a la de la de Genoveva para entregarle unos de brujería que ella había comprado.

En uno de los , Genoveva descubrió un anuncio que decía:

CURSO DE  POR CORRESPONDENCIA
PARA NOVATAS.
INCLUYE DE , UN
UN , UNA Y UN NEGRO.
LLAMAR AL 666.666

Genoveva se puso muy contenta y pensó que con los 📚 nuevos, con el 🎩, el 🍲, la 🧹 y el 🐈 aprendería al fin trucos de ✨.

Sin perder un momento, la bruja entró en la 🏠, marcó el número de ☎ y se matriculó en el curso para 🧙 novatas.

Genoveva estaba ansiosa
por recibir el primer envío del curso.
Y, unas semanas después, llegó
un enorme 📦. Era tan grande
que el 🧑 tuvo que ayudarla
a meterlo en la 🏠.

Dentro del 📦, había un 🍲,
varios 📚, ojos secos de 🦗,
ancas de 🐸 y escamas de 🐍.

14

Aquellas cosas le dieron tanto
asco a Genoveva que pensó:
«Ya decía mi prima Maruja
que soy un desastre de bruja».

Pese a todo, Genoveva estudió los 📚 e intentó hacer brebajes en su nuevo 🍲. Pero sólo consiguió llenar la 🏠 de 💨.

Y Genoveva pensaba:

«Ya decía mi prima Maruja que soy un desastre de bruja».

Un poco desanimada, Genoveva esperó con paciencia a que el 👨 trajera el segundo 📦.

¡Y por fin llegó el !
Era más grande aún que el primero.
La bruja lo abrió emocionada
y descubrió una flamante ,
un  picudo y un  negro.

Genoveva acarició el , se probó

el 🧙 y se montó en su nueva 🧹.

Después, se miró en su 🔍 mágico

y comprobó que su aspecto

era espeluznante.

Genoveva dijo las palabras
mágicas que había leído
en sus 📖 de ✨ nuevos:
«Remonta tu vuelo, 
🖌 bonita,
desde aquí hasta el cielo».

Y la  salió dando saltos como loca por la ⬜.

Genoveva atravesó las ☁, agarrándose como pudo a la 🧹; bajó en picado y cayó sobre el tejado de la 🏠.

Genoveva, muy triste, abrió la

de su 🏠 y pensó:

«Ya decía mi prima Maruja

que soy un desastre de bruja».

Entonces, sintió hambre y decidió

preparar una rica 🥧 de 🍎.

La bruja metió la en el , bajo la atenta mirada del .

El olor de la era riquísimo y varios , que estaban jugando en el parque, se acercaron despacito a mirar por la .

Genoveva invitó a los

a merendar de .

Sirvió grandes 🥛🥛 de leche a los 👫

y, al 🐈, un cuenco hasta arriba.

Luego, dio un gran trozo de 🎂

a cada uno.

A los  les encantó la 🥧 y preguntaron a Genoveva si podían volver otro día, y ella dijo:

—Pues claro. Haré 🥧 de 🍓.

Y cada día, la 🏠 de Genoveva

se llenaba de 👫 golosos

que iban a merendar 🥧

con ella y con su 🐱.

La bruja arrinconó los 📚 de ✨,

la 🧹 loca, el 🎩 picudo y el 🫕

y se convirtió en la pastelera

más famosa del 🏘.

Ahora, su prima Maruja no podría

decirle que era un desastre de bruja.

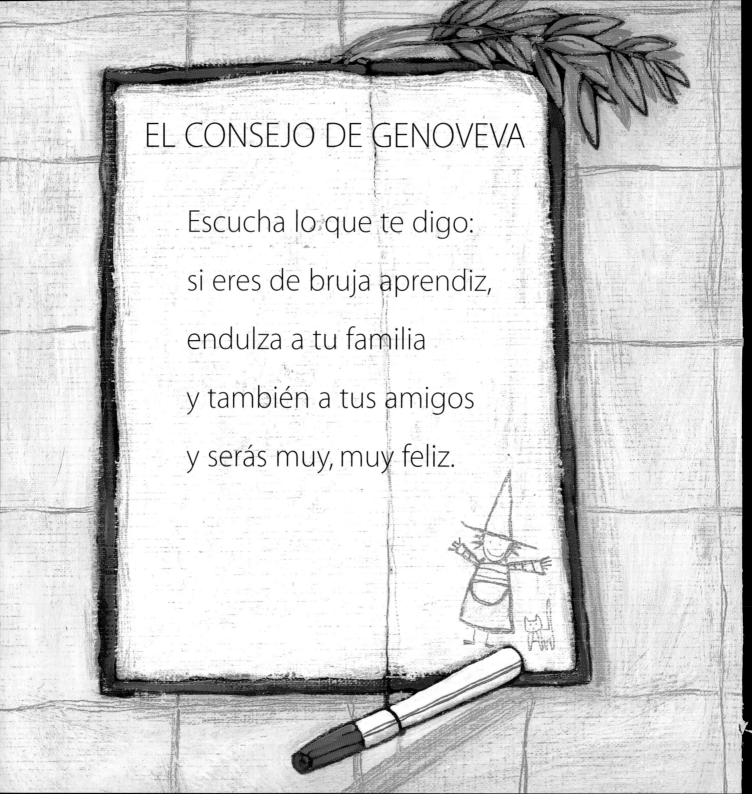

EL CONSEJO DE GENOVEVA

Escucha lo que te digo:

si eres de bruja aprendiz,

endulza a tu familia

y también a tus amigos

y serás muy, muy feliz.

Pictogramas

 brujas

 caldero

 cartero

 casa

 escoba

 espejo

 fresa

 gato

 gorro

 grillo

 horno

 humo

 libros

 magia

 manzana

 niños

 nubes

 paquete

 pueblo

 puerta

 rana

 serpiente

 tarta

 teléfono

 vasos

 ventana